VŒU NATIONAL
AU SACRÉ-CŒUR DE JÉSUS
Pour obtenir la délivrance du Souverain Pontife
ET LE SALUT DE LA FRANCE

En présence des malheurs qui désolent la France, et des malheurs plus grands peut-être qui la menacent encore ;

En présence des attentats sacrilèges commis à Rome contre les droits de l'Église, et du Saint-Siège, et contre la personne sacré) du Vicaire de Jésus-Christ ;

Nous nous humilions devant Dieu, et réunissant dans notre amour l'Eglise et notre Patrie, nous reconnaissons que nous avons été coupables et justement châtiés :

Et pour faire amende honorable de nos péchés et obtenir de l'infinie miséricorde du Sacré-Cœur de Notre-Seigneur Jésus-Christ le pardon de nos fautes, ainsi que les secours extraordinaires qui peuvent seuls délivrer le Souverain Pontife de sa captivité et faire cesser les malheurs de la France, nous promettons de contribuer à l'érection à Paris d'un sanctuaire dédié au Sacré-Cœur de Jésus.

COMITÉ DE L'ŒUVRE :

MM. l'abbé PELGÉ, vicaire général. — L'abbé LÉMIUS, Supérieur de la Chapelle provisoire de Montmartre. — Félix CARRÉ, *Trésorier.* — H. ROHAULT DE FLEURY, *Secrétaire.* — CATILLON. — Baron Camille DE BAULNY, ancien maître des requêtes au Conseil d'Etat. — Général baron DE CHARETTE. — CHESNELONG, sénateur. — Michel CORNUDET, ancien maître des requêtes au Conseil d'Etat. — Th. DAUCHEZ. — DESCOTES, inspecteur général des mines. — Vice-amiral marquis GICQUEL DES TOUCHES — HEMAR, avocat à la Cour d'appel. — KELLER, ancien député. — Comte DE LAMBEL. — E. DE MARGERIE. — MERVEILLEUX DU VIGNAUX, ancien premier président de la Cour d'appel de Poitiers. — DE MONT DE BENQUE. — MUSNIER DE PLEIGNES, conseiller maître à la Cour des comptes. — PAGÈS. — Ferdinand RIANT, conseiller municipal. — Marquis DE SÉGUR, ancien conseiller d'Etat.

L'Œuvre du Vœu national au Sacré-Cœur de Jésus a été honorée de plusieurs brefs et de plusieurs offrandes du Souverain Pontife.

L'Assemblée nationale, par une loi spéciale du 25 juillet 1873, a reconnu l'utilité publique de la construction de l'église votive du Sacré-Cœur sur les hauteurs de Montmartre.

AVIS PRATIQUES

Pour tous les renseignements, la rédaction du *Bulletin*, les concessions ainsi que pour se faire inscrire sur les registres de la Sainte-Ligue, il faut s'adresser à **M. Rohault de Fleury**, secrétaire général, 8. rue de Furstenberg, à **Paris**.

Pour les offrandes, les versements, les payements, les abonnements au *Bulletin* et les réclamations, il est nécessaire de s'adresser à **M. Félix Carré**, trésorier du Vœu national, 8, rue de Furstenberg, à Paris.

Pour les messes, les ex-voto, les recommandations et l'Archiconfrérie,

Pour les pèlerinages, les affiliations, les agrégations et les consécrations,

Pour l'union d'adoration devant le Saint-Sacrement, il convient de s'adresser à **M**. le Supérieur de la Chapelle provisoire, 31, rue de la Barre à Montmartre, Paris.

L'agence des travaux est située au numéro **35** de la rue de la Barre à Montmartre

Les demandes d'inscription dans l'Archiconfrérie et la Sainte-Ligue peuvent être faites même par lettre.

LA BASILIQUE

DU

SACRÉ-COEUR

Dieu semble avoir dit à Satan :

Puisque l'homme rejette mon joug et se donne à toi, c'est son affaire; empare-toi de toutes ses facultés, mais ne touche pas à son amour, je me le réserve.

Tout dans l'Écriture nous montre l'importance que Dieu attache à cet amour de sa créature; mais jamais, en aucun temps, il n'a laissé paraître ce désir autant que de nos jours.

L'homme est toujours le même, ses passions sont les mêmes, et, si nos mœurs sont adoucies par près de vingt siècles de christianisme, depuis l'origine des temps, la forme du mal seule a changé, mais le mal est toujours là prêt à nous dévorer. Si notre méchanceté est imbue de mièvrerie, si nos haines se ressentent de notre passion pour notre tranquillité, si une sorte de sensiblerie donne à notre égoïsme une certaine apparence de bonté, il n'en est pas moins à craindre que nos contemporains, pris en masse, ne vaillent guère mieux que nos ancêtres. Mais cet affaissement des mœurs, qui leur donne cette douceur que nous aimons tant, diminue singulièrement les caractères : chacun recherche surtout ce qui est facile.

Notre siècle finit dans l'indifférence, la lassitude et le plus profond et délétère égoïsme. En général, on ne se dérange que difficilement et souvent à contre-cœur, pour aider ses amis, et l'on recule devant la moindre peine, même pour se donner le plaisir de la vengeance.

Dieu, alors, a dit : Il faut à ces gens-là qui n'aiment plus rien, quelque chose qui les oblige à aimer : eh ! bien je saurai les y contraindre à force de les aimer moi-même et de leur témoigner mon amour. Depuis deux siècles, il prépare son projet, et il nous a été donné d'assister à son exécution.

Voilà ce cœur qui vous a tant aimés : aimez-le donc, il a soif de votre amour ; vous verrez toutes les douceurs que vous y trouverez ; Dieu, nous prenant par notre faible, nous promet la paix dans notre cœur, dans nos familles ; le triomphe de nos idées. Il promet même aux États la victoire pour leurs armées ; pour cela, il ne nous demande qu'un peu d'amour! Qui pourrait le lui refuser?

Mais la mollesse inonde le monde moderne, et il faut que les fervents, qui surnagent encore au milieu de cet effrayant déluge, aient le courage de donner l'exemple : sans actes, jamais vous ne persuaderez personne... marchez en avant en élevant votre drapeau, et alors la foule se laissera plus facilement entraîner par vos paroles.

Nous sommes gent moutonnière ; ne dit-on pas à chaque instant : *Il faut faire comme tout le monde ;* ou bien : *Cela ne se fait pas.* Nous adressons donc un appel solennel à tous ceux qui ont encore l'espoir dans le cœur ; nous le faisons énergiquement, certains d'être dans le vrai, et c'est avec confiance, car nous sommes sûrs que Dieu nous aidera.

Oui, nous disons aux chrétiens de toutes les classes : Venez avec nous adorer le Dieu d'amour, venez avec un signe sensible de votre adoration, venez à Montmartre où Notre Divin Sauveur tient ses assises royales. Quelle est la famille qui ne peut se faire représenter par un de ses membres devant le Saint Sacrement à Montmartre ou en union avec la Basilique, pendant une demi-heure par semaine, par mois? Nous disons par l'un de ses membres : aujourd'hui par l'un, la prochaine fois par un autre. Qu'importe ! il est de la famille, elle bénéficiera de son adoration, et tous en bénéficieront :

On dit que la famille, type des sociétés humaines, se relâche en notre siècle où tout se désagrège ; hélas ! ce n'est souvent

que trop vrai ; eh bien voilà un lien qui la resserrera...
L'amour n'est-il pas le plus puissant de tous les liens, ne
triomphe-t-il pas même de l'intérêt ?

O Dieu infiniment bon !... De toute notre âme, au nom de votre
amour pour Jésus, au nom de Jésus, au nom de son Cœur Sacré,
nous vous en conjurons, faites que cet appel soit entendu ;
montrez, ô Jésus ! si parfaitement bon, montrez combien vous
êtes aimable et faites fructifier notre bonne volonté ; souvenez-
vous de vos promesses ; nous...... nous renouvelons les nôtres.
O Cœur Sacré ! votre peuple fidèle s'est consacré à vous dans
la mesure de ses forces ; votre étendard a été arrosé d'un sang
héroïque ; une Basilique s'élève où nous voulons vous adorer.

Certes, tout cela se ressent de notre faiblesse ; mais vous la
connaissez, Seigneur, ayez donc pitié de nous suivant votre
miséricorde qui est infinie, et aidez-nous, suivant votre puis-
sance qui est sans bornes !

État actuel du monument vu du Sud.

Comme nous l'avons dit bien des fois, nous élevons deux
édifices à Montmartre : l'édifice spirituel et l'édifice matériel.
Nous venons de parler de l'édifice spirituel, disons maintenant
deux mots de l'édifice matériel.

Pendant l'exercice 1892, nous avons monté le dôme jusqu'à
la 84e assise ; cet hiver, on a taillé les 85e, 86e, 87e et 88e assises.
La 84e comprend les chapitaux du triforium, qui seront posés
tout sculptés ; les 85e 86e, 87e et 88e assises comprennent
la voûte même du triforium ; la 89e dont la taille est en mains

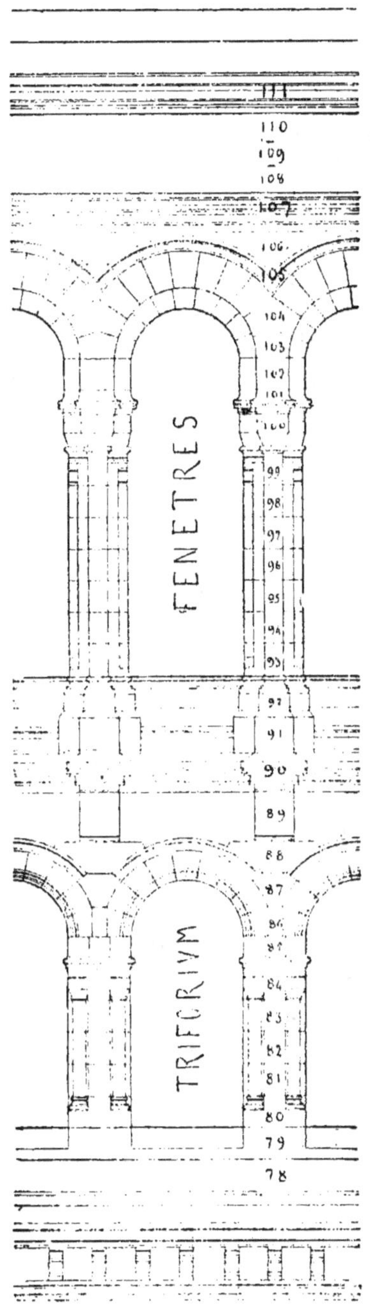

comprend, avec la 90°, tout ce qui reste à poser au-dessous du passage qui se trouve au bas des fenêtres ; enfin la 92° assise contient les bases des colonnes qui forment les embrasures desdites fenêtres

Les assises, jusqu'à la 88°° sont commandées, et nous avons en caisse l'argent nécessaire à les solder, ainsi que la taille de la 89°, ce qui assure le travail jusqu'au 1er juillet 1893.

Il nous faudrait, à ce moment-là, pouvoir disposer d'environ 400,000 fr. pour poser la 99° assise pendant cet exercice ; mais il est singulièrement désirable que nous recevions 250,000 francs, de plus, afin de mener en 1893, le tambour jusqu'au bandeau, au-dessus des arcs des fenêtres. — En 1894, on aurait alors chance de couvrir le dôme, mais cela dépendra de nos ressources. Nos lecteurs voient donc que nous avançons dans cette partie de notre tâche ; est-ce le moment de faiblir, de renoncer ? Oh ! ce serait lamentable ! Voilà que nous touchons au couronnement, et nous perdrions courage ; voilà que nous arrivons au sommet, et nous céderions à la lassitude! Nous ne pouvons pas admettre cela; les railleries de ceux qui ont prétendu que nous n'étions pas capables d'un tel résultat seraient trop cruelles, après un si grand effort.

Il faut montrer que les catholiques sont en état de poursuivre une grande tâche, que les Français sont susceptibles de concevoir et de mener à bien une grande œuvre d'initiative privée.

Nous conjurons nos lecteurs de ne pas juger précipitamment nos actes, qu'ils veuillent bien attendre la fin; l'esprit mauvais ne peut, sans regimber, accepter notre triomphe. Nous les supplions aussi de ne pas juger les choses; qu'ils attendent que l'œuvre soit faite et nous ne doutons pas que ce qui paraît défectueux maintenant, ne paraisse raisonnable alors. Par exemple, l'effet sera complet quand l'église sera éclairée par la lumière diffuse du grand dôme, tandis que, maintenant, les verrières du bas éblouissent.

Le dôme éclairera le chœur; attendons qu'il soit orné et alors nous verrons ce qu'il vaut. Songeons encore que la partie du dôme qui reste à élever est à peu près égale, en hauteur, à la partie déjà construite de l'édifice et que l'effet du tout sera totalement changé par cette construction.

Quand le clocher s'élèvera sur sa base, trouvera-t-on cette base encore trop massive?

Bientôt nous pourrons juger de tout cela puisque le dôme peut être terminé l'an prochain, si l'argent vient convenablement.

Prenons donc patience! Mais, au nom du salut de la patrie, au nom de l'honneur des catholiques, au nom du Sacré-Cœur, nous conjurons nos lecteurs de ne pas nous abandonner ; nous ne pouvons rien seuls, qu'ils nous soutiennent jusqu'au bout, qu'ils prient avec ferveur, mais aussi qu'ils nous aident généreusement.

Pour quiconque a la foi, le Vœu National a sa raison d'être dans le malheur des temps, et les misères et les difficultés qui nous accablent sont assurément un motif nouveau de redoubler de zèle et de générosité pour contenter Notre-Seigneur.

Plus nous serons désintéressés, plus Dieu sera obligé de nous secourir.

Nous ne voulons pas insister d'avantage : il nous semble que nous cherchons à démontrer l'évidence ; mais ce que nous voudrions avoir montré, c'est que l'effort restant à faire n'est vraiment pas comparable à l'effort déjà fait, et qu'il ne faudrait pas se décourager au moment précis où le courage est sur le point d'être récompensé.

Oh ! que nous voudrions faire partager notre espérance et notre confiance ! Combien nous serions heureux de communiquer la foi que nous avons dans notre œuvre, la conviction qu'elle finira par désarmer la colère de Dieu !

Il ne faut pas la laisser inachevée, de peur que tant de sacrifices ne soient perdus ; il ne faut pas la laisser se ralentir, de peur que nous ne jouissions pas nous-mêmes du résultat que nous avons si bien préparé jusqu'ici.

Ne regardons pas les hommes ni les choses... regardons le but, et le succès final ne se fera pas attendre.

Montmartre autrefois.

Les piliers et les colonnes. — Il y a des colonnes depuis 1,000 jusqu'à 5,000 francs et des piliers depuis 5,000 jusqu'à 100,000 francs, des tympans, des bandeaux, etc. Ces objets, à partir de 1,000 francs, donnent droit à une inscription apparente, soit d'un chiffre, soit d'une armoirie, dans la mesure, bien entendu, de la possibilité matérielle de les graver, et sans garantie du moment, tant que les travaux ne seront pas terminés, l'ornementation de la basilique et de la crypte ne devant pas être commencée avant cette époque.

NOTICE ABRÉGÉE DE LA SAINTE-LIGUE DU VOEU NATIONAL

La Sainte-Ligue du Vœu National a pour fin de soutenir l'Œuvre du Vœu National, et elle se propose d'obtenir les mêmes résultats.

Elle *demande* à ses adhérents pour y arriver *d'accepter généreusement les peines de cette vie et de faire seize communions par an.* Enfin elle *demande,* pour la réussite de l'*Œuvre, des prières ferventes et incessantes.*

Elle leur offre en retour 30 indulgences plénières par an et plusieurs autres, ainsi que les mérites des associations auxquelles elle est affiliée.

Les membres de la Sainte Ligue du Vœu National se consacrent particulièrement au Sacré-Cœur de Jésus pour le glorifier et obtenir la conversion de la France et la délivrance de l'Église.

A ces fins, ils s'efforcent d'accepter bien généreusement toutes les peines qui, dans cette vallée de larmes, ne manquent à personne.

Ils se tiennent unis par les liens de la plus étroite charité et font à ces intentions une communion chaque premier vendredi du mois et les jours ci-dessous désignés ; le 30 avril, jour de la fête de sainte Catherine de Sienne ; le 15 octobre, jour de sainte Thérèse, et le 17 octobre, jour de la bienheureuse Marguerite-Marie, qui sont les trois patronnes de l'œuvre, et enfin le jour anniversaire de leur consécration, qu'ils font en ces termes (1) :

« *Je me consacre, moi et tout ce qui m'appartient, au Sacré-Cœur de Jésus, par le Cœur immaculé de Marie, et sous la protection de sainte Catherine de Sienne, de sainte Thérèse et de la bienheureuse Marguerite-Marie: prenant la ferme résolution d'accepter généreusement toutes les peines de cette vie et la volonté de Dieu pour sa gloire et pour le triomphe éclatant de la sainte Église et la conversion de la France. Je renouvellerai cette consécration, réuni en esprit avec tous mes associés, le premier vendredi de chaque mois et aux fêtes de nos saintes protectrices, ainsi que le jour anniversaire de ma consécration. »*

Les zélateurs sont tenus au courant de la situation de l'œuvre, afin que tous puissent la connaître et être en communication avec elle.

C'est M. Rohault de Fleury secrétaire général du Vœu national qui est chargé des inscriptions : prière de lui adresser les demandes, 8, *rue de Furstenberg à Paris.*

---

(1) Ces communions peuvent être remises, mais les indulgences sont attachées à la communion du jour.

Monument actuel.

Monument futur.

LE BULLETIN

Nous faisons tout ce que nous pouvons pour rendre notre *Bulletin* intéressant ; il est bien certain que tout le *Bulletin* ne s'adresse pas aux mêmes lecteurs : les uns se plaisent à parcourir nos interminables listes, les autres s'intéressent aux travaux, à la chronique, à la bibliographie tous regardent l'état de la caisse, tous regardent la gravure.

Ce n'est pas une dépense bien lourde que 3 francs par an ! Vous me direz peut-être que déjà vous avez votre Semaine religieuse, telles et telles Annales ou Revues que vous ne pouvez éliminer de votre budget : soit ; mais gardez la logique et n'éliminez pas le *Bulletin du Vœu national*, car de toutes les œuvres c'est celle qui vous touche de plus près.

C'est aussi, nous l'avons dit bien des fois, un moyen de propagande très utile et très commode ; il traîne sur la table et fait tout seul son petit office de zélateur.

Vous nous rendez service aussi, vous nous aidez à le soutenir et il est nécessaire, car il est indispensable que les listes soient publiées.

Ce n'est pas difficile de prendre un mandat postal à talon et de l'envoyer à notre adresse. S'adresser à M. Félix Carré, trésorier du Vœu national, 8, rue de Furstenberg, à Paris, 3 francs pour la France, 4 francs pour l'étranger.

LES PRINCIPAUX MODES DE SOUSCRIPTION

Parmi les divers modes employés pour participer à l'œuvre du Vœu national, signalons en particulier :

Les Pierres. — Il y en a de trois espèces : les pierres de taille cachées, 120 francs ; et les pierres apparentes, 300 francs, donnant droit à cinq initiales gravées mais non en vue ; enfin les claveaux, qui donnent, pour 500 francs, le droit à deux initiales gravées sur la face extérieure. Le *Bulletin* indique la place de toutes les pierres.

La Carte du Sacré-Cœur. — C'est le moyen d'avoir une pierre indivise pour les membres d'une famille, d'une paroisse, d'une confrérie.

Elle représente une pierre de 120 fr. elle est divisée en petits carrés qui représentent une parcelle de cette pierre et qui coûtent deux sous, d'ordinaire. (On peut les mettre à 5 fr. pour avoir un pilier.) Lorsque la carte est toute pointée, on a sa pierre et un tube de verre pour insérer les noms des donateurs.

Frise extérieure des chapelles absidales

STATUE DU SACRÉ COEUR

DE LA FAÇADE PRINCIPALE DE LA BASILIQUE

Quand ces lignes paraîtront, la statue du Sacré-Cœur que M. Thomas, membre de l'Institut, a faite pour la façade principale de la Basilique, sera en place et semblera appeler les fidèles à l'adoration.

Nous avons concédé le droit de reproduction de cette statue à la maison DENONVILLIERS, bien connue pour ses fontes artistiques ; nous n'aurions pas su mieux rencontrer, et nos lecteurs pourront en juger par eux-mêmes en visitant, dans les magasins de cette maison situés 38, rue Saint-Sulpice, le modèle lui-même de la statue et les diverses réductions que cette maison compte mettre dans le commerce. (Cette Exposition durera du 1ᵉʳ au 15 juin).

Ces réductions, faites sous la surveillance de M. Thomas lui-même et de l'architecte du monument, ont été exécutées avec le plus grand soin et satisferont certainement les plus difficiles. Il y en aura de toutes les dimensions, depuis 10 centimètres jusqu'à 2 m. 50, et de toutes matières ; il y en aura aussi des gravures et des photographies de plusieurs dimensions.

M. Denonvilliers se propose d'ailleurs de faire tout au monde pour répondre à la confiance qui lui a été témoignée.

∴

Mme SAUDINOS conserve ses magasins dans les dépendances de la Basilique et reste seule la dépositaire de toutes les publications faites jusqu'à ce jour. C'est chez elle que l'on trouve les plans, coupes et vues générales du projet du monument, la médaille de Chape etc., etc.

Cette maison est d'ailleurs connue pour être admirablement assortie de toute espèce d'objets religieux, et c'est bien en connaissance de cause que nous l'avons choisie comme dépositaire et que nous lui a vions concédé le monopole de la vente du projet de concours. Outre la boutique qu'elle occupe à Montmartre, Mme Vve Saudinos à un magasin 6, place Saint-Sulpice, à Paris.

Statue du Sacré-Cœur.

CHAPELLES

BASILIQUE

La chapelle n° 1, dédiée à saint Michel archange, 229,247 fr. 75; des Saints-Anges, 1,544 fr. 15; de l'Armée, 85,581 fr. 65. Ensemble : 316,343 fr. 55.

La chapelle n° 2, de Saint-Louis et de la Justice, 120,929 fr. 60.

La chapelle n° 4, de la Bienheureuse-Marguerite-Marie, 290,477 fr. 05; de Saint-François-de-Sales, 14,620 fr. Ensemble : 305,097 fr. 05.

La chapelle n° 5, Saint-Benoît-Labre, 30,411 fr. 55.

La chapelle n° 6, Saint-Jean-Baptiste et du Canada, 55,609 fr. 10.

La chapelle n° 7, Saint-Joseph, 403,312 fr.

La chapelle n° 8, sous le titre du Saint et Immaculé Cœur de Marie, 640,690 fr. 40, du Saint-Sacrement et du Clergé, 95,631 fr. 25. Ensemble : 736,321 fr. 65.

La chapelle n° 9, Saint-Luc, Saint-Côme et Saint-Damien, concédée aux médecins, 21,085 fr. 85.

La chapelle n° 10, Saint-Ignace de Loyola, 129,467 fr. 56.

La chapelle n° 11, Sainte-Ursule et Sainte-Angèle, 67,805 fr. 05.

La chapelle n° 12, Saint-Vincent-de-Paul, 219,272 fr. 95.

La chapelle n° 14, Sainte-Radegonde et les reines de France, 65,093 fr. 55.

La chapelle n° 15, de la Marine (*Stella Maris*), 116,972 fr. 60.

TRIBUNES

N° 1, de l'Agriculture, 54,621 fr. 15; du Commerce et de l'Industrie, 104,642 fr. 60.

CRYPTES

La chapelle n° 1, Sainte-Geneviève, 54,074 fr. 15.

La chapelle n° 2, Saint-Denis, 17,292 fr. 70; Saint-Paul, 15,781 fr.; des Assemblées, 18,218 fr. 85. Ensemble : 51,292 fr. 55.

La chapelle n° 3, Saint-Dominique, 64,886 fr. 15; Saint-Thomas-d'Aquin, 744 fr. 40; Sainte-Catherine-de-Sienne, 1,057 fr. 85. Ensemble : 66,688 fr. 40.

La chapelle n° 4, Saint-Jean-l'Evangéliste et des Artistes chrétiens, 85,779 fr. 05.

La chapelle n° 5, Saint-Benoît et Saint-Bernard, 36,670 fr. 80; Sainte-Gertrude, 27,555 fr. 95. Ensemble : 64,226 fr. 75.

La chapelle n° 6, Saint-Bruno, 53,889 fr.

La chapelle n° 7, Jésus-Enseignant ou des Ecoles, 124,966 fr. 10; Jésus-Enfant, 55,925 fr. 50. Ensemble : 180,891 fr. 60.

La chapelle n° 8, Sainte-Famille, 193,554 fr.; Jésus-Ouvrier, 53,135 fr. 70. Ensemble : 246,689 fr. 70.

La chapelle n° 9, Sainte-Thérèse, 86,726 fr. 20.

La chapelle n° 10, Saint-Latuin et Sainte-Opportune, 422,413 fr.

La chapelle n° 11, Sainte-Anne, 166,324 fr.; Sainte-Monique, 2,577 fr. 18; Saint-Joachim, 19,667 fr. 10. Ensemble : 188,568 fr. 28.

La chapelle n° 12, Sainte-Marie-Madeleine, Saint-Lazare et des Amis-de-Jésus, 97,474 fr. 35.

La chapelle n° 13, Saint-François-d'Assise, 105,089 fr. 35; Sainte-Claire et Sainte-Colette, 50,082 fr. 56; Saint-Antoine-de-Padoue, 178,298 fr. 85. Ensemble : 233,470 fr. 96.

La chapelle n° 14, Saint-Martin, 75,855 fr. 25.

La chapelle n° 15, Saint-Rémi, 78,200 fr. 75.

La chapelle n° 16, des Ames-du-Purgatoire, 681,408 fr.

La chapelle n° 17, Saint-Pierre, 89,280 fr.

DIVERSES CHAPELLES

Chapelle de la Sainte-Face, 72,237 fr. 65; de la Sainte-Agonie, 16,367 fr. 05; de Saint-Hubert, 30,597 fr.; des Ecrivains Catholiques, 35,441 fr. 50.

Volumes à vendre au profit de l'Œuvre

La Bonté du Cœur de Jésus, par l'abbé Lyonnois. Prix : 2 fr. 25.

Le Livre de l'âme pieuse, par M. l'abbé Thibon. Prix : 3 fr. 50.

Les Archives de la dévotion au Sacré-Cœur, par le R. P. Granger, missionnaire à la Délivrande. Prix : 6 francs les 2 volumes.

Christophe Colomb, sa vie, ses voyages. Prix : 0 fr. 60.

Nouvelle Histoire sainte, par un prêtre du diocèse de Versailles. Prix : 2 francs.

La Fête auriculaire dans le ciel ou la Part de l'ouïe à la béatitude éternelle, par M. l'abbé Brinquant. La lecture en est extrêmement attrayante ; c'est un livre profondément original et intéressant, il est approuvé par Mgr l'Evêque de Soissons, Ordinaire de l'auteur. Prix *franco* : 2 fr. 50.

Les premiers sons d'un vieux luth, poésies catholiques, par M. l'abbé Guillemin, curé de Verjux (Saône-et-Loire). Prix *franco* : 3 francs.

Entretiens sur la fréquente communion, par M. l'abbé Pierre, curé de Jarny. Prix : 2 francs.

Petit mois du Sacré-Cœur, par M. l'abbé d'Ezerville. Prix : 0 fr. 15.

Mois du Sacré-Cœur de Jésus, avec semaine de prières en son honneur, par d'anciens Chartreux. Prix *franco* : 1 franc.

Le Sacré-Cœur, ses apôtres et ses sanctuaires, par le R. P. Letierce. Cet ouvrage, sous forme d'un mois de Sacré-Cœur, explique la dévotion, sa nature, sa théologie, son histoire, fait connaître ses principaux sanctuaires, les pèlerinages, les apôtres de cette admirable dévotion. Nommer l'auteur, c'est en faire l'éloge ; cependant il faut le lire et le relire pour en sentir tout le bienfait. Nous croyons devoir engager nos lecteurs dans leur intérêt à ne pas en laisser longtemps d'exemplaires chez nous. Prix : 4 francs.

Neuvaine au Sacré-Cœur, par l'abbé Riche. Prix : 1 fr. 50.

Le cœur de l'homme et le Sacré-Cœur de Jésus, par l'abbé Riche. Prix : 6 francs.

Cantiques pour le mois du Sacré-Cœur, par M. l'abbé Denis. Prix : 2 francs.

La Pierre du Sacré-Cœur, par M. l'abbé Brettes. Prix : 0 fr. 15.

Petit Office de la Bienheureuse Marguerite-Marie. Prix : 0 fr. 60.

Code-Manuel des lois civiles ecclésiastiques, par M. Armand Ravelet, docteur en droit ; réédité pour la deuxième fois par M. l'abbé Bernardin Gassiat, docteur en théologie et en droit canon, protonotaire apostolique, curé de Carrières-Saint-Denis, et M. Raphaël Trocmé, commandeur de Saint-Grégoire-le-Grand, président du conseil de fabrique, juge de paix suppléant, ancien maire.

Se vend au profit de la chapelle des Ecrivains-Catholiques.

Nous n'avons pas à faire l'éloge de ce livre, le nom des auteurs en dira plus que tout ce que nous pourrions écrire ici. C'est un livre nécessaire pour les curés, les fabriciens, pour nous tous ; bien classé, facile à consulter, on y trouve dans la première partie 650 articles et un appendice de 300 pages sur les décrets de toute nature qui régissent les églises et les fabriques ; les lois, le concordat, les interprétations diverses à ce sujet, la jurisprudence du Conseil d'Etat et de la Cour de cassation, etc. Prix : 3 francs.

Lansperge le chartreux ou un Précurseur de la Bienheureuse Marguerite-Marie-Alacoque au XVI* siècle, par le P. D. Cyprien-Marie Boutrain. Dans une lettre que Mgr l'évêque de Belley écrivait à l'auteur, on lit : « Ce qui est à mes yeux le mérite particulier de votre pieux opuscule, c'est la preuve nouvelle qu'il fournit de cette vérité, que dans l'Eglise catholique l'objet de la piété ne varie pas plus que celui de la foi. Le pieux précurseur de la bienheureuse Marguerite-Marie n'avait point reçu, comme elle, de mission spéciale ; mais comme elle il savait que toute grâce nous vient du Cœur de Jésus. » Prix : 1 fr. ; *franco* : 1 fr. 25.

Montmartre autrefois et aujourd'hui. Sous ce titre, le R. P. Jonquet a fait paraître un excellent ouvrage qui se vend au profit de l'Œuvre. Tous nos lecteurs devront avoir ce livre écrit avec un talent remarquable et une grande érudition ; il leur montrera ce qu'a été Montmartre depuis les temps les plus reculés jusqu'à nos jours. Contempler les transformations de cette célèbre colline, grâce aux jolies gravures que l'on a sous les yeux ; suivre pas à pas la construction de la basilique demandée par Notre-Seigneur et arriver par là à voir l'accomplissement du vœu de la France, voilà, certes, une satisfaction qu'aucun de nos amis ne voudra se refuser. Prix broché : 10 fr. ; cartonné percaline avec des fers spéciaux, tranches dorées, 14 fr. ; relié pour amateur, dos et coins maroquin, tête dorée et les autres tranches ébarbées, 18 fr. ; en plus, par la poste, 1 fr. 50.

NOTRE ALBUM

Nous insistons vivement sur le bon marché de notre album, sur son utilité pour nos zélateurs. C'est un livre charmant et, nous ne saurions trop le répéter, c'est un livre d'étrennes.

Certes nous avons intérêt à le répandre, c'est un de nos plus puissants moyens de faire connaître le Vœu national dans bien des endroits ; mais nous le recommandons avec confiance parce que nous sommes assurés qu'il tiendra ce que nous promettons en son nom.

C'est, comme l'on sait, l'histoire dessinée de notre monument. Son élégante reliure en fait un joli cadeau facile à offrir à tout le monde.

Les 2 volumes séparés : chacun : 4 francs.

Franco : Les 2 volumes réunis :   7 —
        En feuilles, les 2 :   5 —

MUSIQUE

Ave, Maria, à deux ou trois voix *ad libitum*, avec accompagnement d'orgue ou de piano, par A. Thibault. Prix : 1 fr. 50.

Cinq petites pièces d'orgue ou harmonium, contenant une entrée pontificale, un offertoire sur l'hymne de *Te Joseph*, une élévation, une communion et une pièce funèbre, par M. l'abbé A. Delpech. Prix *franco* : 1 fr. 25.

Consoler le Cœur de Jésus, solo, duo, trio avec accompagnement, par l'abbé Giély. Prix : 1 franc.

Amende honorable au Sacré-Cœur de Jésus, par M. l'abbé Marbœul. Prix : 0 fr. 50.

Cœur de Jésus, espoir de la France, cantate solennelle, par M. l'abbé Giély. Prix : 1 fr. 50.

Prière au Sacré-Cœur de Jésus, par l'abbé Chassang. Prix : 2 francs.

Prière au Cœur de Jésus. Paroles de M. L. C., musique de P. J. Prix : 0 fr. 85.

UN BON EXEMPLE
A SUIVRE ET A ENCOURAGER

Plusieurs journaux voués à la défense des intérêts religieux ont senti le besoin d'abaisser leurs prix d'abonnement, pour rendre plus facile la diffusion de la vérité catholique et lutter avec plus d'avantage contre la presse antichrétienne. Ils s'efforcent, en même temps, par tous les moyens possibles, d'élever la valeur de leur rédaction et de leurs renseignements.

Le journal le *Monde* a donné l'exemple, en faisant le plus grand sacrifice, et en se mettant à **25 francs** par an. L'*Univers* s'est mis à **40 francs**, et la *Vérité* vient de se fonder à **35 francs**.

Le Gérant : A. Aigueperse.

Paris. — F. Levé, imprimeur de l'Archevêché, rue Cassette, 17.